NOTA DA EDITORA

A José Olympio, uma das mais tradicionais editoras do Brasil, completou 90 anos em 29 de novembro de 2021. Pela ocasião, preparou uma série de reedições de livros históricos, que resgatam projetos clássicos que marcaram o catálogo da Casa e contribuíram decisivamente para a diversidade do mercado editorial brasileiro.

Entre elas está a Coleção Rubáiyát, que agitou o mercado livreiro entre 1930 e 1940 e continua emocionando as pessoas apaixonadas por livros. Inaugurada com o poemário homônimo de Omar Kháyyám, a coleção inicialmente reuniu clássicos orientais desconhecidos no Brasil, em excelentes traduções. Com o tempo, foi ganhando notoriedade e passou também a publicar clássicos ocidentais.

Os elegantes livros da Rubáiyát se tornaram objeto de desejo. A pesquisa, o olhar para o projeto gráfico, a tipografia, a diagramação sofisticada, tiveram a mão do editor-artesão Daniel Pereira, e a execução, provavelmente de todos os títulos, teve à frente Santa Rosa, o produtor gráfico da José Olympio, responsável por inúmeros projetos da editora.

A ronda das estações, *O livro de Job* e *O vento da noite* – os três primeiros títulos que a José Olympio retoma – representam bem o espírito da coleção. Reúnem o melhor da poesia de todos os tempos em reconhecidas traduções do renomado romancista Lúcio Cardoso. Dentre os ilustradores desses primeiros volumes estão Alix de Fautereau, P. Zenker e Santa Rosa.

Com estes volumes, há o desejo de que leitores e leitoras conheçam a importância histórica da Coleção Rubáiyát, de Lúcio Cardoso como tradutor e também da José Olympio como uma das pioneiras e mais inovadoras editoras do país.

A RONDA
DAS
ESTAÇÕES

Composição de capa e tratamento de imagens de capa e capitulares: Flex Estúdio

Este livro foi revisado segundo o Novo Acordo da Língua Portuguesa.

Reservam-se os direitos desta tradução à
EDITORA JOSÉ OLYMPIO LTDA.
Rua Argentina, 171 – 3º andar – São Cristóvão
20921-380 – Rio de Janeiro, RJ
Tel.: (21) 2585–2000

ISBN 978-65-5847-043-4

CIP-BRASIL. CATALOGAÇÃO NA PUBLICAÇÃO
SINDICATO NACIONAL DOS EDITORES DE LIVROS, RJ

K21r Kâlidâsa
A ronda das estações / Kâlidâsa ; tradução Lúcio Cardoso. – 1. ed. – Rio de Janeiro : José Olympio, 2022.

Tradução de: Ritusamhâra
ISBN 978-65-5847-043-4

1. Poesia indiana. I. Cardoso, Lúcio. II. Título.

CDD: 828.99351
21-73088 CDU: 82-1(540)

Meri Gleice Rodrigues de Souza – Bibliotecária – CRB-7/6439

Impresso no Brasil
2022

KÂLIDÂSA

*

A RONDA DAS ESTAÇÕES

Tradução de
LÚCIO CARDOSO

*

1944
LIVRARIA JOSÉ OLYMPIO EDITORA
Rua do Ouvidor, 110 – Rio de Janeiro

Miniatura de P. Zenker, reproduzida, bem como as demais ilustrações e vinhetas, da excelente edição francesa de H. Piazza.

KÂLIDÂSA

Kâlidâsa, o poeta que a Livraria José Olympio hoje apresenta ao público brasileiro, é conhecido como o "Ovídio da Índia clássica". Autor de alguns dos mais famosos poemas heroicos da Índia antiga, Kâlidâsa no entanto conservou-se um poeta moderno, quer pelo seu ritmo inigualável, quer pela força e pela beleza das suas imagens. Segundo os hindus, viveu ele no século II antes de Cristo, mas muitos críticos modernos acreditam que sua existência se tenha verificado na primeira metade do século VI, da nossa era.

"Ritusamhâra" é o título original deste poema, que canta as diversas estações da Índia, numa linguagem única, desde o Verão, o quente e perfumado verão da Índia, até a Primavera e a Estação dos Orvalhos. Há séculos que este poema conta com admiradores em todos os cantos do mundo, despertando um entusiasmo que nem mesmo seus outros poemas, mais densos e cantando os feitos heroicos de deuses e guerreiros da Índia, conseguiram diminuir. Ao apresentá-lo, pois, ao público do Brasil, acreditamos estar prestando um real serviço à nossa cultura e em especial àqueles que amam a boa poesia e sabem dela extrair a música preciosa e o suave perfume.

L. C.

Rio, Junho de 1944.

O VERÃO

quan[illegible]

para [illegible] espalh[illegible]

[illegible] de pedr[illegible]

perfumad[illegible]

bem-amada, segundo [illegible]

Nosso [illegible]

[illegible]

dos fluras!... Oh [illegible]

que estremece sob [illegible]

Este encanto, [illegible]

Meia-noite! [illegible]

amantes se abandonam [illegible]

O VERÃO

Ei-la de volta, ó minha bem-amada, a estação dos calores, o sol queimando como fogo, as mais puras noites de lua, os longos banhos em que os nossos corpos perfuram o espelho das águas, e estes deliciosos fins de dia no ardor apaziguado do amor!

As noites morenas riscadas pelos raios de luar, nosso palácio aberto aos quatro ventos, com suas máquinas para elevar e espalhar as águas, nossas vestimentas de pedrarias e o sândalo perfumado, ei-los de volta, ó minha bem-amada, segundo teu desejo...

Nosso palácio, como é maravilhoso o seu interior! Um perfume embriagador flutua!... Oh, este vinho puro que estremece sob o hálito da amante! Este encanto, feitiço que o amor abrasa! Meia-noite! É a hora em que os amantes se abandonam às suas alegrias...

Arde a febre do verão no coração dos homens. Vós sabereis apaziguá-los, ó mulheres! Feiticeiras de formas estuantes apertadas numa túnica de seda, com os seios perfumados a sândalo e presos com fios de pérola, e cuja pesada cabeleira, ao sair do banho, exala perfumes penetrantes! Feiticeiras dos pés avermelhados pela tinta perfumada, pés adoráveis, arqueados sob os anéis de ouro que tilintam e cantam a cada passo, como o canto do flamingo cor-de-rosa, e cuja linha conduz os nossos sonhos para o deus que faz sonhar os corações!

No coração de quem não acendem elas o extasiante ardor, estas mulheres que banham os seios no bálsamo de sândalo com suas guirlandas de pérolas misturadas aos frescos jasmins e suas ancas cercadas por fios de ouro?

❦ ❦ É o verão. Sobre os seios empinados e os membros lânguidos, cuja epiderme se cobre de gotas de suor, ❦ os ligeiros tecidos de Akoça tomaram o lugar das pesadas vestimentas. ❦ E que agora cada um escolha sua esposa ❦ entre estas mulheres iluminadas pela mocidade!

❦ ❦ É o verão. O amor adormecido desperta sob a doce carícia dos leques, que roçam os seios perfumados e ornados de pérolas, ❦ entre canções, gorjeios de pássaros e os acordes da vina. ❦ Com olhares, sorrisos e zombarias, as moças galantes acendem os desejos de amor do macho, pelas belas noites iluminadas ao luar.

E enquanto no fundo do palácio os amantes desfalecidos de felicidade descansam sob o clarão lunar, o deus lua que os contempla empalidece de vergonha e de amor e a noite também empalidece.

Ao longe, perdido na poeira que se eleva da terra calcinada, o viajante cego chora a esposa querida da qual se acha separado.

Ansiosas, as gazelas torturadas pelo terrível calor se reúnem e dizem: “Teremos um pouco d’água na clareira do bosque?” Pois elas perceberam uma nuvem ao longe, sobre o céu, como uma sombra sobre uma face.

A serpente naja, queimada pelo sol, se arrasta sufocada na poeira ardente do caminho e timidamente, cabeça baixa, esquecendo as contendas do passado, vem deitar-se à sombra do pavão; e o pavão prostrado sob o sol, como a vítima de um sacrifício, deixa a serpente esconder a cabeça sob a esplêndida cauda que descerra.

Língua e crina pendendo de modo lamentável, ofegante e arrastando sua sede, o Rei Leão, com o focinho ferido, sem força e sem coragem, renuncia a atacar seu inimigo, o elefante. E o elefante, com presas de marfim, não teme mais o leão; e erra atormentado pela sede amarga, a garganta seca, mendigando um pouco d'água ao longo dos rios ressecados na fornalha, na poeira, em plena luz! Os javalis em bando, furando com o focinho, mergulham no leito dos tanques eriçados de ervas secas para evitar as queimaduras do sol esplêndido que arde.

Fora do pântano ressecado a rã saltou para junto da serpente naja e veio esconder-se sob sua cauda inchada, como à sombra de um chapéu!

Os búfalos abandonaram seus abrigos expulsos pelo calor e aspiram o ar com o focinho espumante, deixando pender a língua ressecada e em bandos, exaustos de fadiga, erram tristemente à procura de uma gota d'água.

Milhares de pássaros ofegam sobre as árvores despojadas de suas folhas; um macaco extenuado se arrasta sob o espinheiro; uma nuvem de gafanhotos se abateu sobre a última cisterna.

O lago não é mais do que lama revolvida juncada de peixes mortos e de ninfeias ressecadas, desertada pelos pássaros aquáticos, triturada sob os pés dos elefantes ansiosos.

De repente, das alturas de onde contemplamos a paisagem desolada o espanto nos arrebata: o fogo ateou-se na floresta! Ele queima os botões, os brotos mal nascidos e as folhas secas que o vento dispersa aos quatro cantos do horizonte.

Em braçadas fumegantes, vermelhas como as flores novas do Koussoumba, ele devora em mistura as árvores e as lianas e os galhos cobertos de botões. O vento em cólera atiça sua raiva. Todo o espaço nada mais é senão um vasto incêndio! O fogo faz estalar os corpos secos dos bambus, e de eco em eco seu crepitar repercute ao longo dos rochedos. As ervas ardem, a flama avança sem descanso e cerca, e devora os animais selvagens que se reúnem e se precipitam.

Mas é sobretudo na floresta dos algodoeiros que o fogo parece subir até o céu. Primeiro, a chama de ouro serpenteia no fundo oco dos troncos, depois, ela se lança fora da árvore e lambe as folhas que se estorcem.

Então todos os animais fogem do bosque incendiado: o fogo envolve as árvores num círculo infernal. Eis os elefantes, os crocodilos e os leões cobertos de faíscas; todos fogem em direção aos rios ressecados, ao leito de ilhas pontilhado, todos fogem sem destino, lado a lado, como amigos que enfrentam a morte reconciliados!

Ah! Que a estação quente te seja propícia, com seu cortejo de diamantes, suas noites de prazer sobre os terraços do palácio, seus canteiros de lótus que abrigam uma água límpida e voluptuosa e sobre ti desçam os raios da lua encantadora!

A
ESTAÇÃO
DAS CHUVAS

A ESTAÇÃO DAS CHUVAS

Como o elefante no cio, as nuvens avançam, enormes e pejadas de chuvas; avançam como reis no meio dos seus exércitos tumultuosos: e os raios são estandartes que desfraldam e o trovão é o tambor que ressoa.

Avançam e se amontoam as nuvens ora semelhantes às pétalas azul-escuro da flor do lótus, ora semelhantes às tetas cheias das mulheres que amamentam, ora como uma sombria nódoa que se alarga sobre a face do céu.

Então, elas se desmancham em chuvas, em chuvas que tombam com um som novo e encantador à alma, em chuvas que esperam depois de meses, agonizantes de sede, os pássaros tchatakas, que bebem as gotas em pleno voo.

Sob os golpes do trovão o viajante se espanta. Como o arco do deus Indra, as nuvens parecem ter os raios como cordas e lançam a geada em flechas assassinas. A terra cobriu-se de cogumelos multicores, desabrochados ainda há pouco, e de ervas novas que cintilam como os raios do lápis-lazúli, e, como a mulher adornada de brilhantes, se cobriu de vaga-lumes, estes luminosos pastores dos deuses.

Os pavões, com as caudas entreabertas tal uma braçada de flores desmanchada, despertam ao apelo do amor e se reúnem como se fossem para a dança, enquanto um enxame de abelhas, tomando por flores suas plumas, lhes distribuem beijos.

Os rios engrossados por ondas impuras, impuras como as prostitutas, transbordaram de suas margens e arrancaram as árvores, e cada vez mais rápidos rolam para o mar.

Os bosques adquiriram um aspecto gracioso por causa dos mil botões que enxameiam sobre as árvores, dos tapetes de ervas tenras e dos caules dos lótus, rasgados pelos dentes das gazelas.

Uma terna emoção vos surpreende à vista dos tímidos antílopes que espiam dos abrigos, com seus belos olhos de lótus móveis e ingênuos e que aos bandos cobrem as clareiras.

E nas noites negras envolvidas pelas nuvens, apesar do trovão, as mulheres contendo o coração vão aos encontros do amor, pelas veredas iluminadas de relâmpagos. E quando o raio estala, o terror as surpreende nos braços dos amantes, e esquecendo suas disputas, elas se enlaçam neles febrilmente e os apertam.

Mas aquela ali chora a ausência do esposo e desencorajada atira fora as joias, flores e perfumes. De seus belos olhos azulados como ninfeias, gotejam lágrimas que seus lábios bebem, seus lábios semelhantes ao cálice do bimba.

Um riacho amarelo e lamacento arrasta a terra, ervas e insetos e se alonga como uma serpente que ameaça abismar na sua goela profunda as rãs que o contemplam estupefatas.

As abelhas, abandonando os ramalhetes de lótus, se lançam tontas de amor sobre as plumas do pavão, crendo distinguir novos lótus e causando ao zumbir uma estranha música.

Os elefantes dos bosques correm em bandos rumorosos. O céu vibra em delírio: e também os elefantes enlouquecem. Uma nuvem de abelhas os rodeia, atraída pela sua baba de animais no cio, que escorre sobre suas presas brancas, brancas como as flores de lótus.

Que alma permaneceria insensível diante desta fresca paisagem: os rochedos escorrendo sob o beijo das nuvens, os riachos descendo de todos os lados, a dança frenética dos pavões apaixonados e esta brisa refrescante que unida à chuva se sobrecarregou com o perfume das flores do Kadamba, do Nipas e do Ketakis?

As mulheres se fazem desejáveis: perfumam sua boca de cidú, e ornam com pérolas os seios, e se enfeitam com brincos feitos de flores odorantes, e suas cabeleiras soberbas descem até as ancas.

Seres e coisas se respondem: os rios correm, os amantes sonham, a chuva crepita, os pavões dançam, os elefantes urram e os macacos se perseguem, os bosques resplandecem: tudo vive, palpita e se procura.

Por joias, as nuvens têm seus raios e o arco luminoso do deus Indra. As mulheres têm seus anéis, os diamantes e os cinturões. Mas também elas coroaram suas cabeças com flores de Ketaki, de Keçara recentemente abertas. E suspensas nos lóbulos das orelhas, trazem as pérolas naturais da árvore Kakuba.

Então, furtivamente, quando a noite chega, a moça deixa o teto paternal e corre ao leito do amante; ela esfregou o corpo com sândalo perfumado e derramou sobre os cabelos o óleo negro de agourou. E sobre eles, espalhou flores perfumadas. Mas a esposa abandonada sonha melancólica. E sua alma lentamente se balança sobre as nuvens, nuvens baixas, pesadas de tormenta e azuis de sombra, como as pétalas do lótus que se balançam lentamente, lentamente...

O calor expira sob a chuva apaziguante. As florestas exprimem sua alegria pelas Kadambas que florescem com seus ramos que se agitam à brisa e seus botões que estalam o envoltório como risadas que vibram.

Às mulheres, enfeitadas para o amor, a estação oferece guirlandas de mimosas e de jasmins, flores desabrochadas, e as da família das iouticas, de cálice apenas entreaberto. Os pingentes de orelhas que apanham são os Katambas recentemente abertos.

É a época em que se verão as mulheres com finos ornamentos de pérolas enrolados em torno do botão dos seios, um doukoula branco sobre a anca fascinante, e no lugar onde o corpo se divide ao meio, um monte de sombra delicioso e irresistível, ó divina atração!

A brisa, orvalhada pelas gotas da chuva fresca, dança nas ramagens que vergam sob o peso das flores, perfuma-se ao passar sobre o pólen das flores e arrasta as almas dos amantes separados.

"Sucumbimos sob nossa carga d'água. Repousemo-nos neste cume. Uf!" dizem as nuvens desabando sobre os montes Vindhya; e sobre estes montes queimados pelo fogo do verão, lançam a chuva e a alegria!

Ah! Que esta estação te seja favorável. Ela, que dá a chuva e a vida aos homens vivos, mãe dos botões entreabertos e das ervas renascidas e que de modo tão terno arrebata o coração das mulheres!

O

OUTONO

O OUTONO

Como a nova e graciosa esposa, o outono avança com sua face de lótus desabrochado; o outono, cujos frágeis braços brincam com os caules do arroz já quase amadurecido. Os cantos de amor do cisne são como o tilintar dos anéis de metal que prendem seus calcanhares.

A terra se recobriu com um bordado de Kaças florescidas e a noite, de orvalho; o regato, de cisnes; a água dormente, de ninfeias; a floresta, de pinheiros estrelados com flores de sete pétalas. Os canteiros estão brancos de jasmins.

Os cursos d'água serpenteiam como mulheres langorosas; suas ilhas são como as formas redondas de suas ancas sedutoras; rosários de peixes faiscantes são os guizos da sua cintura, e as filas de pássaros brancos nas margens são as pérolas dos seus colares.

Onde está o coração que não palpita à vista deste céu tão belo, pintado como uma face, da terra atapetada pelo pólen vermelho das bandhoukas, dos botões e das sementes, da seiva que sobe ao caule do arroz branco?

As negras noites de tormenta são passadas; um céu mais claro apareceu, cercado de flocos brancos, brancos como as fibras do lótus do cálice prateado, e este céu parece um rei que as escravas abanassem com cem leques de plumas brancas!

Existe uma só alma que não chore de amor diante destes bosques de ébano cujas altas ramas são embaladas pela brisa, coroadas de botões e de flores, onde as loucas abelhas vêm procurar o suco que destilam do mel?

A noite, como uma adolescente que dentro em pouco irá se tornar púbere, desembaraçou-se das nuvens que velavam a face da lua; ela tirou do seu escrínio joias de estrelas aos milhares, e ei-la que surge no seu vestido sem mancha, tecido com raios de luar.

Os rios se inflamam ao reflexo dos lótus vermelhos e estremecem às bicadas dos pássaros d'água. ❦ As margens se animam com os folguedos dos patos e dos gansos, ❦ enquanto o canto do cisne chama o universo à alegria.

❦ ❦ E na noite enfeitiçada os raios de luar, ❦ adorados pelos corações apaixonados, ❦ distribuem felicidade, a chuva fina e o orvalho ❦ e mornas carícias aos corpos das mulheres ❦ que choram os maridos em viagem.

❦ ❦ O mesmo vento, como numa dança, ❦ agita o tapete formado pela floresta de flores, ❦ e as almas dos adolescentes, ❦ e as ninfeias e os lótus desabrochados cobrem a terra aos milhares.

Nossos corações batem ao ritmo das ondas que no tanque estremecem sob o vento, o tanque de opala onde vogam os cisnes amorosos entre os nenúfares e os lótus.

Já não se oculta nas nuvens o deus Indra armado com seus raios, nem estão as nuvens esgarçadas riscadas de clarões como bandeiras atormentadas pelo vento; as aves já não batem mais o ar com suas asas, e os pavões não levantam mais a cabeça para ver os relâmpagos no horizonte. Abandonam os pavões fatigados a dança dos amores; e o Amor excita agora os flamingos cor-de-rosa, cujo canto é tão melodioso; e a deusa Cri, que faz crescer as flores, volteia das Kadambas aos Nipas e das Sardjas às outras flores.

Os bosques, perfumados de jasmins penujentos, cheios de pássaros que pipilam sobre os galhos, têm clareiras de sombra onde brilham os olhos das gazelas semelhantes aos lótus faiscantes, que nos comovem em desejos singulares.

E o vento da aurora, que colheu sobre os nenúfares brancos gotas de orvalho gelado, derrama uma chuva de prata sobre a donzela que estremece na manhã renascida.

A terra se alegra sob as colheitas de arroz e nos comunica sua alegria; ela se ornou com rebanhos de belos novilhos e de todos os lados sobem gritos de alegria dos gansos e dos flamingos cor-de-rosa.

Ser e natureza se rivalizam: a marcha dos flamingos cor-de-rosa será mais sutil do que a de uma jovem mulher? A lua empalidece diante da claridade das ninfeias extasiantes. O brilho das pupilas, iluminadas pela embriaguez, oculta-se diante dos lótus azuis e dos nenúfares luminosos. O jogo sedutor das sobrancelhas cede às ondulações da onda e aos arrepios das águas.

As lianas ondeadas, inclinadas sob o peso das flores, fazem esquecer, ó mulheres, vossos braços de deusas, vossos braços sobrecarregados de adornos; e a brancura do jasmim recentemente entreaberto, misturado às flores de Akoça, ultrapassa o brilho dos vossos dentes brancos, e o encanto dos vossos sorrisos!

É a época em que, nos cachos de vossos cabelos, negros como nuvens de tormenta, introduzis as flores alvas dos jasmins, e pendurais nas orelhas onde se balançam pesados brincos de ouro, flores d'água e lótus; em que, a alma cheia de alegria, ides cingir os seios com finos colares de pérolas e a ânfora de vossas ancas com uma cinta de guizos e com anéis de ouro, o lótus dos vossos pés.

E eis que aparece, feérica, mais bela do que tudo o que existe no mundo, a deusa Cri, coberta de ninfeias desabrochadas. Ela está deitada e faísca em pedrarias, adormecida sobre um soberbo cisne que voga sobre uma onda de diamante e esmeralda; e na noite tranquila, é o próprio céu, tão puro e recamado de estrelas, que a passeia docemente sob o clarão da lua...

Saindo do leito nupcial dos lótus, a brisa de outono purificada espalhou as brancas nuvens. Espaços celestes infinitos revelam-se aos nossos olhos, onde se perdem nossos sonhos; as águas tornaram-se transparentes, a seiva da terra amadureceu os arrozais; e o céu surge constelado de estrelas!

Veem-se, deixando os jogos, as rodas e as canções, moças muito novas, ainda quase em idade de criança, de face bela como o astro das noites. Algumas escorregam suas pequenas mãos de lótus na mão de seu amante, mãos carregadas de flores que apanharam, e impacientes voltam para o lar, onde o amor as chama irresistivelmente!

Outras, ao contrário, enlaçadas às suas jovens companheiras, voltam do lugar de amor em que experimentaram completa embriaguez, e, sem reserva, trocam alegres impressões, enquanto na noite propícia confessam ruborizadas seus segredos voluptuosos e suas doces brincadeiras.

Pela aurora, emocionada sob um raio do sol levante, a ninfeia vermelha entreabre seus lábios em corola, como uma moça ao despertar, mas a ninfeia branca, apaixonada pela lua, fecha-se tristemente quando desaparece no ocidente o disco luminoso das noites. Assim se extingue o sorriso das esposas abandonadas pelo marido quando chega o dia.

Em todos os lugares a deusa Cri espalhou a felicidade, a beleza e a alegria; o esplendor feérico da lua sobre a face das mulheres; a graça dos pequenos lótus brancos nas bocas tão puras abertas num sorriso, e o brilho das corolas purpúreas sobre os lábios sedutores.

Ah! que a estação do outono, deliciosa amante, traga a ti numerosas alegrias, com seu sorriso de lótus branco, seus lábios de lótus vermelho, seus olhos de lótus azul, e seu vestido luminoso como as flores abertas do Kaçá.

O INVERNO

O INVERNO

O inverno. Os lótus estão mortos, o frio chegou. No entanto, amaremos esta estação pelos seus lodrhas de flores desabrochadas, suas colheitas de arroz maduro e seus frutos.

Outrora provocantes, as mulheres agora, como envergonhadas, escondem os seios sob os vestidos. Longe se acha o tempo dos unguentos de açafrão e das guirlandas de jasmim claro como a lua. Já não existem mais sobre seus braços sedutores espirais de braceletes em conchas e anéis de ouro. Um espesso doukoula lhes cobre as formas arredondadas. Um estofo de Akoça lhes protege os seios firmes.

Já não é mais tempo das ricas cinturas em pedrarias, dos cordões de ouro, dos anéis nos pés que pisam delicadamente como ninfeias sobre a água, os anéis cujo tilintado imita o canto dos flamingos cor-de-rosa.

O Amor agora exige outros aprestos: as mulheres untam os membros com o pó que vem do bosque de Kaligaka, avermelham a face bela como o lótus e passam nos cabelos o óleo negro de agourou.

Pois a terra está coberta pelas colheitas de arroz, cheias de seiva, e onde vão passear graciosamente os antílopes fêmeas, onde cantam os maravilhosos pássaros, que fazem nascer novos e impacientes desejos.

A água dos tanques arrebata os homens ao sonho do amor, a água límpida, transparente, sulcada de pássaros, pontilhada de ninfeias azuis e vermelhas e de çaivalas verdes.

Cansadas das primeiras fadigas do amor, as faces pálidas, as moças riem ao despertar da vida voluptuosa; elas riem, mas com cuidado e sem descobrir muito os dentes brancos, pois seus lábios róseos estão rasgados pelos dentes do amante apaixonado, e as fazem sofrer cruelmente.

Suspirando de volúpia e de amor, o amante estendido sobre o leito aperta contra si a bem-amada. Seus membros se entrelaçam. E sua boca perfumada pela essência de assava, ao ritmo de seu hálito, perfuma os dois corpos.

Todas as jovens mulheres trazem sobre o corpo a marca cruel do amor: seus lábios, mordidos pelo amante, sangram ainda, e, sobre os seios, as unhas do companheiro traçaram a história dos seus desejos.

Ao amanhecer, com um espelho na mão, um ritus sobre a face, uma jovem mulher acompanha sobre os róseos lábios os ferimentos que lhe fizeram os dentes do amante, o cruel amante que lhe bebeu a alma pela boca!

Quanto a estas, esgotadas pelas voluptuosidades consentidas, dormem ainda, indolentes, sob a doce carícia do sol. Suas pálpebras estão avermelhadas pela insônia, e sua cabeleira em desordem se espalha sobre o leito.

Aquelas cingem com uma faixa, sem mancha, a fronte guarnecida de cabelos negros como uma nuvem de tormenta. E seus braços, levantados para consertar os cabelos, cedem e retombam pouco a pouco sob o peso magnífico dos seios.

Uma delas vem de constatar sobre o seu corpo as dentadas do amante; feliz, sorri. Depois coloca sobre os lábios um pouco de pintura, enrola-se numa ligeira túnica de seda; e os braços levantados, hesita, divertida: e suas pupilas seguem agora uma louca mecha que dança em sua fronte!

Outras, fatigadas e quase mortas de prazer, os seios, o corpo inteiro dolorido pela luta do amor, espalham sobre os membros um bálsamo benfazejo e perfumado.

Ah! Que esta estação, companheira do frio, seja propícia aos teus desejos! Possa ela te arrebatar a alma das mulheres pelas suas paisagens recobertas por espessas searas de arroz e pelo canto dos pássaros que pousam sobre a neve!

A ESTAÇÃO DOS ORVALHOS

A ESTAÇÃO DOS ORVALHOS

Ó deliciosa amiga, escuta a descrição da Cicira, a estação dos orvalhos: a terra se enfeitou com arroz alto nos seus caules, e os pássaros cantam. E é também o tempo do amor mais caro às mulheres.

Dagora em diante procuraremos o interior acariciante de uma casa bem fechada, o calor da lareira, os raios do sol e as vestimentas bem espessas.

Passado está o tempo do sândalo, o sândalo fresco como o raio da lua. Já não se fazem longas permanências nos terraços banhados pelo luar, e ninguém mais deseja em seu coração o vento que refresca.

Foi-se o culto das noites: elas agora são frescas e molhadas de orvalho; o amante as abandona, apesar das suas joias estreladas.

Perfumada de agourou, sua boca, flor de lótus, rescende a essência de flores, e as mulheres fizeram provisão de betel, de perfumes, de guirlandas floridas e, cansadas do amor, retiraram-se para seu quarto de dormir.

Então, diante dos amantes trêmulos de voluptuosidade, impacientes, loucos de amor, elas esquecem seus erros, suas infidelidades, e, sorrindo, perdoam as ofensas passadas.

E pela manhã, ainda envoltas nas vestimentas da noite, elas se vão lentamente, amolentadas e cansadas do amor que foi cruel. ❦ Depois se aprontam para festejar a estação dos orvalhos: ❦ aprisionam a garganta num estofo escolhido ❦ e envolvem as pernas em sedas de ricas cores ❦ enquanto semeiam flores sobre os cabelos.

❦ ❦ No entanto, os homens se banham, descuidados do frio, ❦ para apagar as marcas deixadas sobre o peito ❦ de amarelo açafrão ❦ com o qual as esposas tinham untado os seios, ❦ a fim de seduzi-los.

❦ ❦ Pois durante a noite ❦ os amantes lançados à loucura ❦ beberam muitas vezes um licor ❦ enervante e divino ❦

que treme, como um lótus, sob o hálito perfumado e lança a embriaguez à alma e exalta os sentidos.

Algumas vezes, dia claro, uma das esposas, cuja pintura desapareceu sob as carícias, percebe no seu corpo as marcas de amor. Envergonhada, deixa o leito, fugindo para o interior do palácio. Quer voltar depois, mas não ousa se mostrar assim ao companheiro. Então suplica que lhe tragam o vestido esquecido no quarto.

Quanto a esta, deixou tombar sua vestimenta: está nua e bela como uma deusa. Seus cabelos escorrem de óleo negro e, enquanto os anéis de ouro soam nos seus pés, ela agita guirlandas de rosas que se desfolham...

As mulheres, no fundo do palácio, são como a deusa Lakshmi: têm olhos grandes e belos como lótus que um traço de tinta prolonga até as orelhas, cabelos desatados que flutuam até as espáduas, uma face oval cor de ouro, e lábios vermelhos, resplandecentes.

Algumas, depois da noite de amor, vestiram a túnica que convém a este dia; e lânguidas, caminham lentamente, um pouco cansadas de trazerem a ânfora pesada das ancas e a garganta em fogo.

Outras descobrem sobre os seios os sinais das unhas do companheiro, e nos lábios, que acariciam com os dedos, ferimentos. Com um bálsamo refrescante cobrem estas marcas e pintam o rosto. É a hora em que o sol se levanta...

Que esta estação te seja propícia, estação dos langores amorosos, dos amores, dos prazeres, dos eufórbios deliciosos, das braçadas de cana-de-açúcar e das colheitas de arroz adocicado que encantam os olhos!

A
PRIMAVERA

A PRIMAVERA

Ó bem-amada, eis a Primavera! O amor, gracioso guerreiro, estendeu seu arco e à guisa de corda tem uma guirlanda de abelhas; e um galho cheio de botões floridos serve-lhe de flecha. Ele chega e se apresta para trespassar os corações que os desejos alimentam.

Vê, a feérica Primavera tudo embelezou: os galhos recobertos de flores, as águas azuis semeadas de lótus, as mulheres amorosas, a brisa perfumada, as noites deliciosas, as manhãs encantadoras, e o tanque que brilha como um milagre de pedrarias, e este enxame de mulheres que cintilam como a própria lua, e as árvores que vergam ao peso das flores!

Parece que um voluptuoso desejo anima as próprias coisas: os finos colares de pérolas que palpitam sobre os seios vaporizados de sândalo, o hálito das bocas perfumadas de betel e os cinturões coloridos sobre o flanco perturbador das mulheres!

Ligeiros tecidos de Akoça dourados no suco de açafrão ornam os peitos. Doukoulas pintados a vermelho na essência do Koussoumba modelam finamente as ancas adoráveis.

Eis a hora do amor: durante a raiva dos desejos gotas de suor escorrem sobre a face das mulheres enfeitiçantes, sobre estas faces tão belas que a pintura ilumina, semelhantes às pétalas vermelhas dos lótus.

E quando os amantes acalmados, vencidos, repousam junto às amantes nuas, estas, ainda sacudidas pelo espasmo, já estremecem ao ímpeto de novos desejos!

No entanto, aquelas cujo esposo se acha ausente, ali se encontram, magras, pálidas, ofegantes; estiram os membros e suspiram de desejo. O amor, espírito sem corpo, reduz a este estado suas vítimas, as mesmas que também nos embriagam.

Sob diversos aspectos, o amor se incorporou a elas: é ele, o amor, que turva suas pupilas enlanguecidas pela embriaguez; é ainda ele que empalidece sua face, levanta-se firme sobre seus seios; amolece nas curvas dos talhes, no arredondado das formas opulentas; que mantém os membros enlaçados, que perturba o timbre de sua voz e que faz os olhares escorregarem de lado, prometedores e furtivos, sob o jogo das sobrancelhas.

E de novo, as mulheres enlanguecidas de amor misturam o almíscar ao sândalo, e sobre os seios combinam sabiamente as tintas de kaligaka, de priangou e de açafrão. No entanto, os apaixonados despojaram-se apressadamente de suas pesadas roupas, trocando-as por leves vestimentas, e prepararam o corpo esfregando nele um suco de laque e de agourou negro, cujo perfume embriaga.

O pássaro Kokila macho, apaixonado por uma flor, tonto por ter bebido o suco que embriaga, beija voluptuosamente a corola, sua amante, como se beija uma mulher sobre a boca. E mais longe, uma abelha, esposa que zumbe, veio se colocar sobre o lótus, seu esposo, e acaricia com arte as pétalas do seu bem-amado.

Ó minha encantadora bem-amada! eis a hora em que, na alma das mulheres, se exaltam os desejos novos, os desejos pesados de seiva que estremece, semelhantes às árvores floridas que se agitam sob a brisa, e vergam ao peso dos botões vermelhos.

Vermelha de flores na raiz, com suas flores e seus botões, a Akoça, que chamam de "Sem Cuidado", causa no entanto inquietação ao coração tumultuoso das mulheres; e a visão da Atimoukta, de cálices apenas entreabertos, cercados de abelhas que deslizam embaladas pela brisa, acende o inquieto desejo no coração ardente dos homens!

Veja este homem, ó minha amiga, abandonado pela sua amante: ele acaba de perceber a árvore Kouravakas de botões perfumados e frescos que rivalizam em brilho com a cor da sua amada. E eis que de repente sua alma se abate como se fosse trespassada pelo amor por uma chuva de flechas dolorosas!

Vê, a Primavera triunfa, universal: a árvore coral como um fogo em brasa, a floresta de Kinçoukas, inclinada ao peso de suas flores, revestindo como de uma túnica a terra que resplende como uma esposa nova!

Que coração não se inflamaria com as flores do Kinçouka em fogo semelhantes à deslumbrante plumagem que adorna a cabeça da arara?

Quem poderia resistir, amiga da voz de ouro, quando a sedução das flores se junta aos doces cantos do pássaro Kokila que traz a embriaguez ao coração dos moços?

Todos os anos, quando vibra o canto mágico dos Kokilas, os homens são tomados de loucura, e a obsessão do amor desperta em sua alma sombria. No entanto, as esposas, a despeito dos pudores, sentem o coração que palpita e esperam, ardentes, no profundo gineceu.

O vento sacode os galhos dos Sahakaras floridos, dispersa os pássaros, arrebata o pensamento dos homens, sopra e passa, feliz por levar o frio e trazer de volta os dias radiosos.

E já que o arbusto encantador, semeado de brancos jasmins como os dentes da noiva sorridente, perturba até a alma pura do anacoreta, como não perturbaria os outros homens, acessíveis ao pecado?

É o mês de Madhou! Zumbido da mosca à procura do mel! Ramas cheias de pássaros! Colinas encantadoras coroadas de flores! Praias onde pousam os alegres Kokilas! Cinturões de ouro das mulheres! Colares de pérolas que entrelaçam os seios! Ó Madhou, arrebatais o coração dos homens!

A Primavera se tornou rival da mulher: o canto dos pássaros rivaliza com o timbre encantador das vozes femininas, o brilho do jasmim, com a brancura dos dentes, e sobre os galhos, os róseos botões de coral com os dedos delicados das mãos!

O mais santo dos anacoretas é forçado a amar... quando a seus olhos passa o cortejo das mulheres de face bela como uma ninfeia de ouro, de seios com botões úmidos como o sândalo, de olhares graciosos, que revelam secretos ardores... Falai, santo anacoreta, existe nada mais digno dos encantos da alma que estas bocas em lótus florescendo perfumes embriagadores, estes olhos que cintilam como estrelas, estas pesadas cabeleiras cheias de Kouravakas recentemente desabrochadas, estes seios e estas formas arredondadas e encantadoras?

Os homens palpitam e estremecem numa estranha sensibilidade, com a brisa carregada do perfume das árvores, o murmúrio das abelhas, música encantadora e o apelo dos Kokilas melodiosos, embriagados de amor.

Ó noites deliciosas! Ó luares! Cantigas dos Kokilas machos! Murmúrio das abelhas embriagadas! Ó brisas perfumadas! Vós sois bem os preciosos aliados do amor, do belo deus que guerreia com flores!

Ah! que esta estação preciosa a Kama te seja de uma felicidade durável, com sua face de lótus, seus brancos jasmins, seus lábios em corolas de Akoça, suas abelhas murmurantes e o perfume das suas árvores desabrochadas em alegria!

ÍNDICE

COLEÇÃO RUBÁYIÁT

Os mais belos poemas da literatura universal. Admiráveis traduções de Lúcio Cardoso. Volumes iniciais:

1. A RONDA DA ESTAÇÕES, de KÂLIDÂSA
2. O LIVRO DE JOB
3. O VENTO DA NOITE, de EMILY BRONTË